"Susan Hunt conduz as crianças ao longo do Salmo 23, um versículo de cada vez, observando em detalhes o cuidado do pastor através dos olhos de sua ovelha. *Samuca e seu Pastor* explica doutrinas importantes em termos simples e concisos e chama a atenção para o quanto essas doutrinas a respeito do nosso pastor devem impactar a própria vida diária de suas ovelhas. Este é um livro visualmente atraente, que demonstra a beleza de nosso Senhor."

— **Starr Meade**
Autor de *Keeping Holiday and Training Hearts, Teaching Minds.*

"*Samuca e seu Pastor* é um livro encantador para crianças. Escrito como uma história imaginária, narrada por um jovem cordeirinho, este livro realiza uma exposição habilidosa do Salmo 23. Ele até mesmo inclui alguns ótimos tópicos para discussão sobre cada capítulo. A habilidade de Susan Hunt como escritora e sua esplêndida percepção teológica estão inseridas de forma bela e artesanal nesta história. Aqui está um livro infantil que se transformará, mas jamais será superado."

— **Tedd Tripp**
Pastor, orador de conferências e autor do livro *Pastoreando o Coração da Criança.*

"Fiz um teste verdadeiro com o último livro de Susan Hunt: comecei a lê-lo em voz alta para meu filho barulhento de cinco anos. Ele ficou imediatamente fascinado com sua capacidade de contar história e não me deixava parar. *Samuca e seu Pastor* combina uma compreensão teologicamente instruída e esplêndida com uma criatividade santificada para revelar os pastos verdejantes da graça soberana de Deus em toda a sua amabilidade."

— **Douglas Bond**
Autor da série *Crown & Covenant* e da trilogia *Faith & Freedom.*

"Neste livro fascinante sobre o Salmo mais amado, Susan Hunt prende a nossa atenção de uma maneira encantadora. Eu encorajaria as famílias a utilizarem esse livro e a tirar vantagem do ensino claro, que aponta para o bom pastor que ama as crianças e demonstrou esse amor de forma tão gloriosa no Calvário."

— **Carine Mackenzie**
Autora das séries *Bible Time* e *Bible Wise.*

CB047150

SAMUCA E SEU PASTOR

PERCEBENDO JESUS NO SALMO 23

Susan Hunt

ilustração Cory Godbey

Tradução Waléria Coicev

FIEL Editora

H943s Hunt, Susan, 1940-
　　　　　Samuca e seu pastor : percebendo Jesus no Salmo 23 / Susan Hunt ; ilustração: Cory Godbey ; tradução: Waléria Coicev. – 1. reimpr. – São José dos Campos, SP : Fiel, 2016.

　　　　　56 p. : il. color.
　　　　　Tradução de: Sammy and his shepherd
　　　　　ISBN 9788581321592

　　　　　1. Bíblia. AT. Salmos, XXIII. 2. Vida cristã – Ficção. I. Godbey, Cory, ilustrador. II. Coicev, Waléria, tradutor. III. Título.

　　　　　　　　　　　　　　　　　　　　　　　CDD: 223/.2052036

Catalogação na publicação: Mariana C. de Melo Pedrosa – CRB07/6477

Samuca e Seu Pastor
Traduzido do original em inglês
Sammy and his Shepherd
Texto: © 2008 by Susan Hunt
Ilustrações: © 2008 by Cory Godbey

■

Originalmente publicado em inglês por
Ligonier Ministries,
421 Ligonier Court, Sanford, FL 32771
Ligonier.org

Copyright © 2013 Editora Fiel
Primeira Edição em Português: 2013

Todos os direitos em língua portuguesa reservados por Editora Fiel da Missão Evangélica Literária
PROIBIDA A REPRODUÇÃO DESTE LIVRO POR QUAISQUER MEIOS, SEM A PERMISSÃO ESCRITA DOS EDITORES, SALVO EM BREVES CITAÇÕES, COM INDICAÇÃO DA FONTE.

■

Diretor: Tiago J. Santos Filho
Editor-chefe: Vinicius Musselman
Editor: Tiago J. Santos Filho
Tradução: Waléria Coicev
Revisão: Editora Fiel
Diagramação: Tobias' Outerwear for Books
Capa: Tobias' Outerwear for Books
ISBN: 978-85-8132-159-2

FIEL Editora
Caixa Postal 1601
CEP: 12230-971
São José dos Campos, SP
PABX: (12) 3919-9999
www.editorafiel.com.br

DEDICATÓRIA

Dedicado a minha mãe,
Mary Kathryn McLaurin,
em comemoração ao seu aniversário de noventa anos,
com gratidão por ela falar aos seus filhos,
netos e bisnetos a respeito
de seu Pastor.

"Quanto a nós, teu povo e ovelhas
do teu pasto, para sempre te daremos graças;
de geração em geração proclamaremos
os teus louvores".
Salmo 79.13

PREFÁCIO

Aos Prezados que amam as crianças,

Obrigada por amarem as crianças o suficiente para ler para elas. A satisfação de sentar juntos com um bom livro e a familiaridade de ouvir sua voz lendo e relendo uma história favorita cria memórias preciosas. Quando um livro dirige uma criança ao Salvador, a experiência é eternamente significativa.

O Salmo 23 é uma celebração da abrangência da salvação pela graça. Ajudar uma criança a memorizar esse Salmo amado concede um tesouro que não pode ser tirado. Leia-o a cada vez que você ler a história, e em breve a criança se unirá a você nisso. Falar a respeito da história e orar juntos desenvolverá o entendimento dela. (Perguntas para discussão e atividades para cada capítulo podem ser encontradas ao final do livro).

Meu marido e eu temos doze netos. Às vezes, pondero sobre a pergunta: Se eu pudesse lhes dar uma única porção das Escrituras, que porção seria essa? Nunca selecionei apenas uma, mas o Salmo 23, com certeza, está na lista dos favoritos. Minha oração é para que este pequeno livro ajude as crianças — e aqueles que o lerem para elas — a se deleitarem no conhecimento de que Jesus é o Bom Pastor, de que somos salvos e mantidos pela graça e de que somos privilegiados por vivermos como parte do rebanho do povo de Deus.

Para a glória do Pastor, que se tornou o Cordeiro que é o Rei.

—Susan Hunt
Marietta, Georgia
Julho 2008

SALMO 23

O Senhor é o meu pastor; nada me faltará.
Ele me faz repousar em pastos verdejantes.
Leva-me para junto das águas de descanso;
refrigera-me a alma.
Guia-me pelas veredas da justiça
por amor do seu nome.
Ainda que eu ande pelo vale da sombra da morte,
não temerei mal nenhum, porque tu estás comigo;
o teu bordão e o teu cajado me consolam.
Preparas-me uma mesa
na presença dos meus adversários,
unges-me a cabeça com óleo;
o meu cálice transborda.
Bondade e misericórdia certamente me seguirão
todos os dias da minha vida;
e habitarei na Casa do Senhor para todo o sempre.

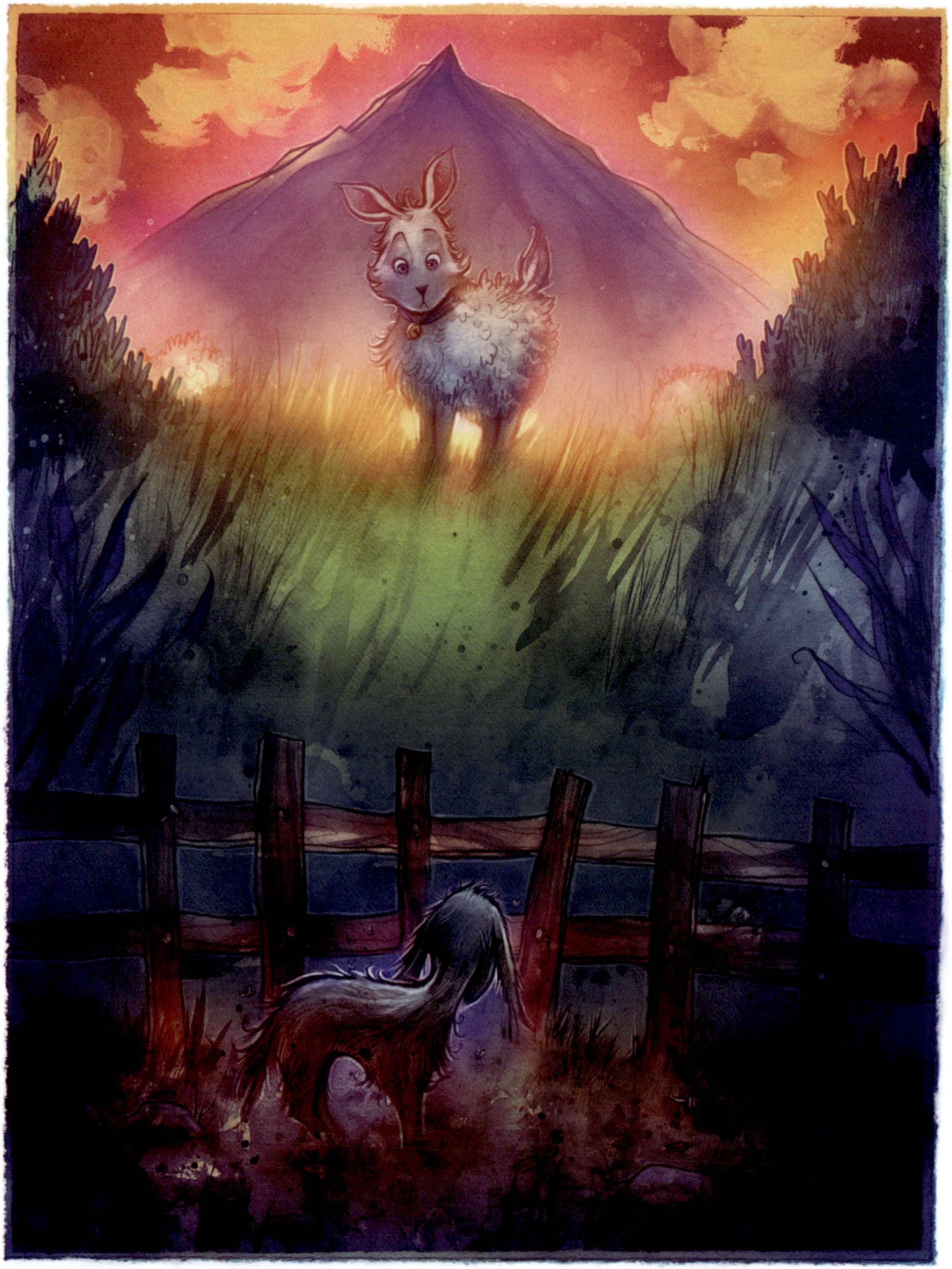

CAPÍTULO UM
O SENHOR É O MEU PASTOR; NADA ME FALTARÁ

Eu sou essa ovelha feliz, pensou Samuca enquanto fixava os olhos, com satisfação, no pasto viçoso.

Ele levantou os olhos e observou uma ovelha no pasto vizinho, olhando com anseio através da cerca. Ele também observou que o outro pasto não era tão bom quanto o seu. "Nunca notei como havia tantas rochas e tão pouca grama naquele pasto", ele pensou.

Samuca andou vagarosamente até a cerca. — Oi — ele gritou para a outra ovelha.

— Qual é o seu nome?

— Eu não tenho nome, disse a ovelha.

Samuca tentou não parecer chocado, mas não conseguia imaginar uma ovelha que não tivesse um nome. Depois, ele notou que a ovelha era muito magra, e que as moscas estavam zumbindo ao redor de sua cabeça.

A ovelhinha perguntou:

— Você tem um nome?

— Meu nome é Samuel, mas todos me chamam de Samuca.

— Onde você arranjou o seu nome?

Meu pastor me pôs esse nome assim que me comprou. Ele põe nome em todas as suas ovelhas.

— Por que ele faz isso? — Perguntou a ovelha, enquanto chacoalhava a cabeça para tentar espantar as moscas.

— Bem, eu acho que é porque ele ama cada um de nós e nos conhece pelo nome. Samuel significa: "aquele que foi ouvido por Deus". Eu estava ferido e doente quando meu pastor me comprou, e ele orou por mim. Ele me pôs o nome de Samuel para que eu sempre me lembrasse de que Deus ouviu sua oração.

— Você certamente parece feliz — disse a ovelhinha.

— É claro que sou feliz. Tenho o melhor pastor do mundo inteiro. Sei que nunca terei falta de nada.

— Como você pode saber disso?

— Porque meu pastor me ama e sempre cuida de mim — respondeu Samuca.

— Eu não entendo — afirmou a ovelhinha. Veja este pasto. Nunca há grama suficiente para comer. Estou sempre com fome. E nossa água também não é muito boa.

— Sinto muito por você estar com fome — Samuca replicou. — Eu sempre tenho alimento e água suficientes, porque meu pastor providencia tudo o que preciso.

— Você quer dizer que nunca tem que caminhar por meio dos vales assustadores ou escalar montanhas altas para conseguir pastos diferentes?

— Ah, não, não estou querendo dizer que nunca tenho que ir a lugares difíceis. Mas meu pastor está sempre comigo e me ajuda a passar por esses lugares difíceis.

— Mas, e os inimigos que estão esperando para atacá-lo? — Perguntou a ovelhinha.

— Meu pastor sempre me protege, não importa o quão perigoso isso seja. Ele até daria a própria vida para me proteger.

— Eu gostaria de ter um pastor em quem pudesse confiar — queixou-se a ovelhinha. Conversar com a ovelhinha fez com que Samuca ficasse grato por seu pastor. Ele também se sentiu triste por causa da ovelha esquelética e desejou demonstrar bondade a ela, mas não sabia o que fazer. Então, ele teve uma ideia.

— Podemos ser amigos? — Perguntou Samuca. Ele percebeu que os olhos da ovelhinha brilharam, então, continuou: — Já que você não tem um nome, vou chamá-la de "Minha Amiga".

A ovelhinha parecia ter ficado um pouquinho mais alta e, com certeza, parecia mais feliz.

— Gostei disso — ela disse. — Vejo você amanhã.

— Nessa mesma hora, na mesma cerca — Samuca riu.

VAMOS CONVERSAR!
CAPÍTULO 1 • PÁGINA 44

CAPÍTULO DOIS

ELE ME FAZ REPOUSAR EM PASTOS VERDEJANTES

Oi, Minha Amiga — Samuca gritou enquanto cambaleava até a cerca.

— Oi Samuca. O que você tem feito?

— Bem — Samuca bocejou. — Eu acabei de levantar. Tenho tirado uma soneca do outro lado do pasto. Lá estava muuuuito tranquilo.

Minha Amiga olhava confusa.

— Como você pode deitar e descansar com tantas perturbações?

— Eu não tenho perturbação alguma — respondeu Samuca.

— Mas você não tem medo de que algo terrível aconteça com você?

— Não — respondeu Samuca.

— E as ovelhas maiores ou as moscas e insetos... e você não está com muita fome para deitar e descansar? — Minha Amiga questionou.

Samuca estava um pouco desnorteado

— Não, Minha Amiga. Não me preocupo com nenhuma dessas coisas. Meu pastor cuida de tudo, por isso eu posso deitar e descansar.

— Eu gostaria de pertencer ao seu pastor — disse Minha Amiga, enquanto uma ovelha maior lhe dava marradas com a cabeça e a empurrava para longe.

Mais uma vez, Samuca se sentiu triste por causa da ovelhinha. Ele estava tão perturbado que não havia notado que Vovó vinha vagueando ao seu lado. Na verdade, ela não era sua avó, mas todas as ovelhas a chamavam assim, porque ela era a ovelha mais velha do rebanho. Samuca ficou surpreso ao ouvir a voz bondosa e familiar de Vovó.

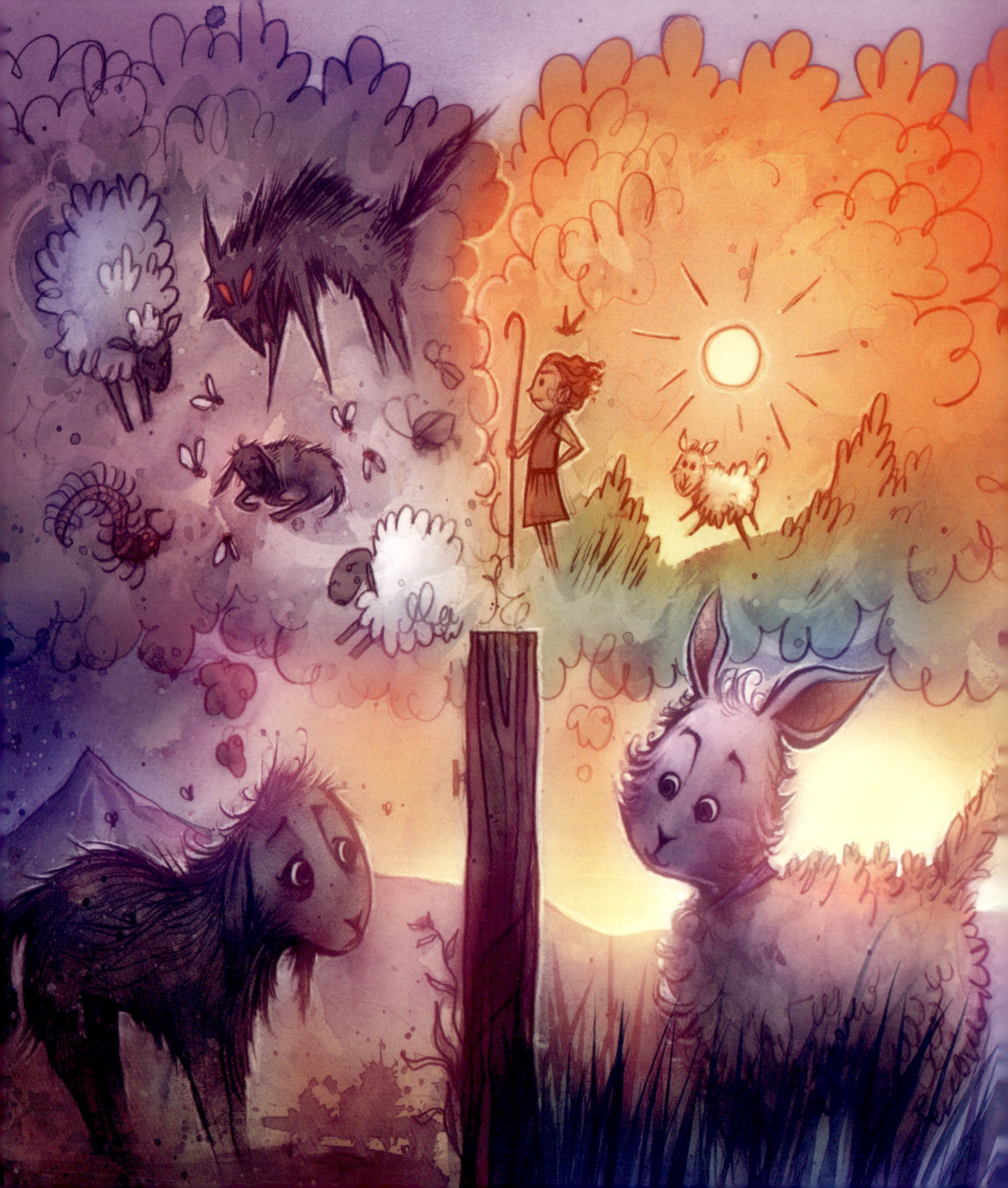

— Samuca — ela disse. — Você entende por que sua amiga não pode deitar e descansar?

— Não, senhora.

— Deixe-me lhe falar sobre as ovelhas — disse Vovó. — Nós não nos deitamos e descansamos a menos que quatro coisas sejam feitas por nós.

— Verdade? Quais são essas quatro coisas?

— Em primeiro lugar — disse Vovó — precisamos estar sem medo. Ficamos facilmente assustadas, porque somos impotentes. Pense sobre isso, Samuca. Não temos meios de nos defender. Um cachorro ou um coiote pode aterrorizar todo um rebanho de ovelhas. Sem um pastor para nos proteger, ficamos muito amedrontadas para deitar.

— Nunca pensei sobre isso, a senhora está certa, Vovó. Qual é a segunda coisa da qual precisamos?

— Não deve haver nenhuma disputa com outra ovelha do rebanho. Podemos ser bem cruéis umas com as outras. As ovelhas maiores e agressivas ameaçam as ovelhas mais fracas. As ovelhas mandonas empurram as outras para longe das melhores pastagens. Quando estamos disputando umas com as outras, não conseguimos deitar e descansar. Mas o nosso pastor acaba com as nossas brigas bobas. Então, podemos descansar.

— Mais uma vez, a senhora está certa — Samuca riu. — E qual é a terceira coisa da qual precisamos?

— Precisamos estar tranquilas. Isso significa que devemos estar livres das moscas e dos parasitas que se amontoam ao redor de nossa cabeça e por cima de nosso nariz. Esses insetos irritantes nos deixam loucas. Tenho visto ovelhas chacoalhando a cabeça e batendo os cascos, tentando se livrar deles. Eu me lembro que você teve um problema com moscas de nariz certa vez.

— É mesmo. Nunca me esquecerei disso — exclamou Samuca.

— Um pastor bom aplica um óleo especial em suas ovelhas. Esse óleo mantém os insetos longe. Então, ficamos tranquilas e podemos deitar e descansar.

— Vovó, estar com a senhora me torna um cordeiro mais sábio. Agora me diga a quarta coisa da qual precisamos.

— Você realmente sabe como fazer uma ovelha velha se sentir especial — Vovó deu umas risadinhas. — A quarta coisa de que precisamos é alimento. Não conseguimos deitar se estivermos com fome. Um bom pastor limpa as rochas do pasto, prepara o solo e planta sementes para que suas ovelhas tenham fartura de comida. Veja o pasto rochoso de sua amiga. Não há muita grama lá. Agora veja o nosso lindo pasto verdejante. Samuca, por que você acha que existe essa diferença?

— Por que nós pertencemos a um bom pastor, que prepara pastos verdejantes para nós. Fico feliz por pertencer ao nosso pastor.

Vovó acenou com a cabeça concordando

— Eu pertenço a ele há um longo tempo, Samuca, e a cada dia sou cada vez mais agradecida por ele me fazer descansar em pastos verdejantes.

VAMOS CONVERSAR!
CAPÍTULO 2 • PÁGINA 45

CAPÍTULO TRÊS

LEVA-ME PARA JUNTO DAS ÁGUAS DE DESCANSO

Os primeiros raios de luz espiavam através das tábuas do aprisco.
— Está quase na hora — pensou Samuca.
Ele sabia que seu pastor estaria ali logo, porque um bom pastor leva as suas ovelhas para o pasto enquanto o orvalho ainda está na grama. O orvalho é uma fonte de água para as ovelhas, mas para que elas possam obtê-lo, elas têm que chegar ao pasto cedo.
— Aí está ele — Samuca gritou para a outra ovelha.
O pastor levou-os para fora, e logo eles estavam comendo a grama limpa e úmida. De manhã cedo era o período do dia preferido para Samuca. O ar estava fresco, a grama era deliciosa, e tudo era ainda como a noite, suavemente misturado no dia. Samuca chamava esse período de hora sossegada. Ele gostava de usar o tempo para pensar em todas as suas bênçãos. Nesse dia, Samuca pensou sobre o quanto ele amava as outras ovelhas.
Ele olhou ao redor e reconheceu o velho Gus.
— Sei que Gus é mal-humorado, às vezes, mas eu realmente o amo — pensou Samuca.
Ele viu Prissy.
— Ela nos deixa loucos com suas frescuras — ele sorriu ironicamente. — Mas todo rebanho precisa de uma ovelha Prissy.
Depois ele viu Vovó.
— Ela é tão velha e frágil — pensou Samuca. — Todos nós temos que ajudá-la, mas ela é tão sábia. Todos nós somos melhores e mais fortes por ela fazer parte de nosso rebanho.

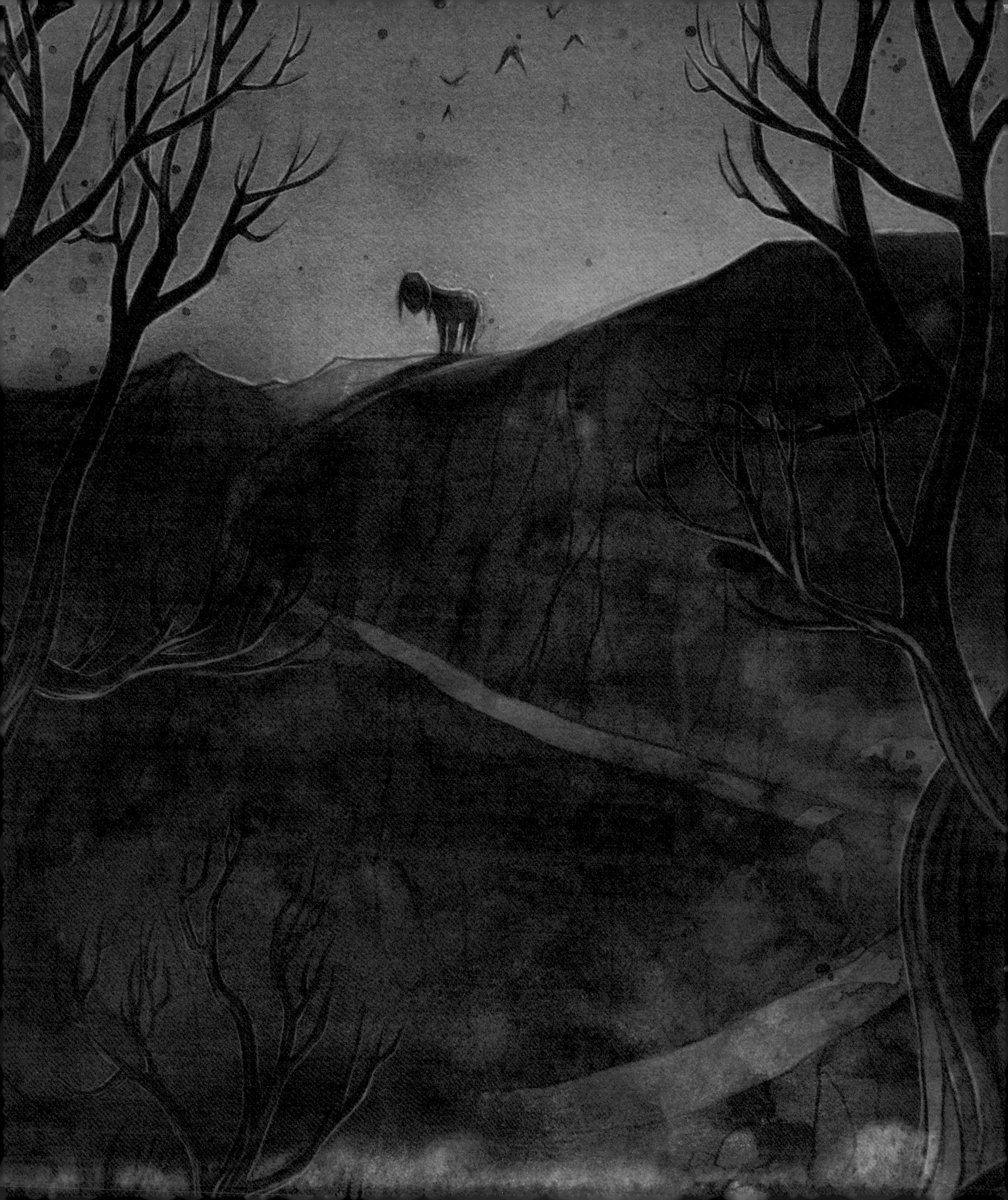

Ele havia rapidamente pensado sobre algo que ele amava em cada ovelha do rebanho.

— Eu me pergunto por que eu os amo tanto, principalmente já que todos somos tão diferentes.

Ele pensou sobre essa questão por um momento, depois exclamou:

— Eu sei por que todos nós amamos uns aos outros, é porque pertencemos a um mesmo pastor, e ele ama a cada um de nós.

Samuca sorriu enquanto pensava sobre o seu pastor bondoso, que sempre providenciava tudo o que as ovelhas precisavam, incluindo água fresca.

De repente, Samuca observou que o pasto do outro lado da cerca estava vazio.

— Ah, não, o orvalho já quase foi embora e Minha Amiga e seu rebanho ainda não estão aqui — ele ficou preocupado.

Samuca não viu Minha Amiga na cerca até mais tarde naquela manhã. Ela parecia ainda mais magra e mais fraca, e Samuca sabia que isso era porque ela não tinha alimento e água suficientes.

— Oi Minha Amiga — disse Samuca, tentando parecer animado. — Onde você esteve nessa manhã? Havia uma grande quantidade de orvalho no solo.

— Eu estava no aprisco. Meu pastor não nos levou para fora até que o orvalho tivesse desaparecido.

— Sinto muito — Samuca se compadeceu. — Ele leva vocês para um riacho onde vocês possam encontrar água?

— O lugar que ele nos leva tem uma água suja, cheia de parasitas. — Às vezes, eu fico doente ao bebê-la — Minha Amiga replicou.

Samuca se sentiu triste por Minha Amiga, mas ouvir essas coisas o tornou ainda mais agradecido por seu bom pastor. Ele estava grato porque seu pastor sempre providenciava água de boa qualidade para o seu rebanho; garantindo que ele chegasse ao pasto enquanto o orvalho ainda estava na grama e também o levando aos riachos tranquilos.

VAMOS CONVERSAR!
CAPÍTULO 3 • PÁGINA 47

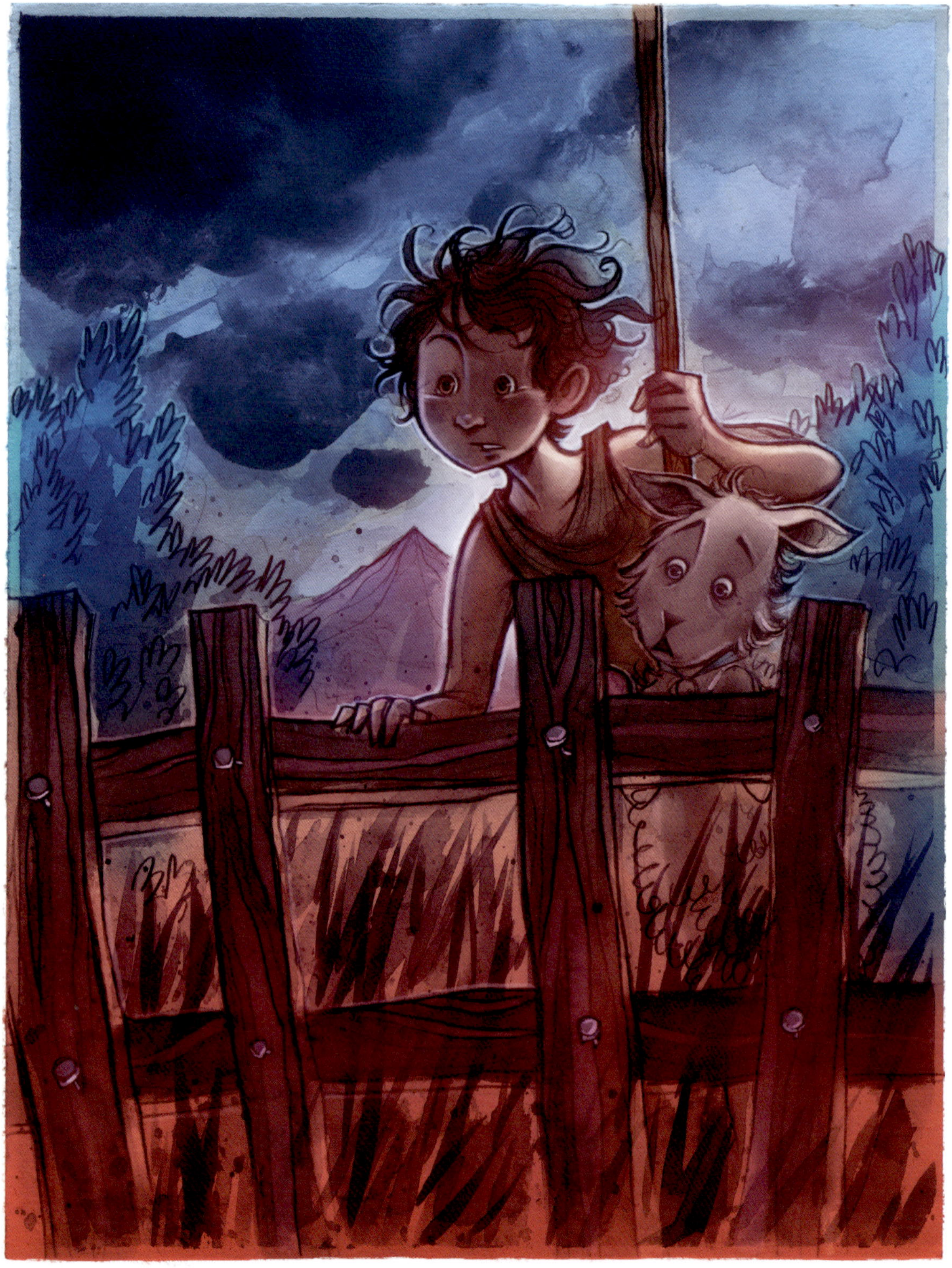

CAPÍTULO QUATRO

REFRIGERA-ME A ALMA

Eu gostaria de saber onde ela está — disse Samuca preocupado. Ele vigiou a cerca o dia todo, esperando ver Minha Amiga. Finalmente ele pensou: "Talvez ela esteja no morro, se eu for até a cerca, ela me verá e virá me visitar". Quando Samuca chegou até a cerca, ficou horrorizado. Ele podia ver Minha Amiga à distância, e ela estava abatida. Ela estava deitada de costas, com as pernas para o ar, aditando-as sem parar. Samuca sabia que seu sangue pararia de circular e que ela poderia morrer, se seu pastor não chegasse logo.

Samuca ficou desesperado.

— Minha Amiga está desamparada — ele gritou. — Ela não consegue se virar e voltar a ficar de pé. Ele deu uma cabeçada na cerca. — Beeé, beeé.

Seu pastor, que estava sempre por perto, viu a agitação de Samuca e correu até ele.

— Samuca, Samuca, está tudo bem — ele disse gentilmente.

A presença do pastor costumava acalmar Samuca, mas não desta vez. Ele continuou a dar cabeçadas na cerca.

O pastor levantou os olhos e viu Minha Amiga. Num segundo, ele pulou a cerca e correu até a ovelha desamparada. Ele levantou Minha Amiga gentilmente, virou-a e a colocou de pé. Depois, ele esfregou suas pernas para que o sangue voltasse a circular. Finalmente, Minha Amiga deu alguns passos cambaleantes.

Enquanto Samuca observava seu bom pastor, ele se lembrou da primeira vez que havia ficado abatido. Ele havia ficado aterrorizado, mas seu pastor o ajudou.

Mais tarde, o pastor conversou com ele gentilmente, explicando o que havia acontecido.

— Às vezes, uma ovelha como você pode rolar e ficar de costas — disse o pastor.

— Quando isso acontece, dizemos que a ovelha está abatida. Uma ovelha abatida não pode se virar de volta para cima. Se alguém não ajudar a ovelha, ela morre. Ela precisa que alguém a coloque na posição certa.

Samuca lançou um olhar esquisito para o pastor.

O pastor sorriu.

— Você tem que ser cuidadoso, Samuca. Uma ovelha pode ficar abatida de muitas maneiras. Se ela deitar num lugar macio e fofo, seu corpo pequeno tombará para trás. Ou, às vezes, uma ovelha fica com tanta lama ou pedaços de galhos grudados em sua lã e fica tão pesada que acaba rolando. Portanto, seja cuidadoso, Samuca. Mas lembre-se, se você ficar abatido, eu estarei lá para ajudá-lo.

Samuca ficou grato porque seu pastor viria sempre e o colocaria na posição certa, quando ele estivesse abatido.

— Meu pastor nunca me deixa. Ele cuida de mim. Ele sempre vem e me ajuda — Samuca pensou agradecido.

VAMOS CONVERSAR!
CAPÍTULO 4 • PÁGINA 48

CAPÍTULO CINCO

GUIA-ME PELAS VEREDAS DA JUSTIÇA POR AMOR DO SEU NOME

Minha Amiga ficou em pé perto da cerca e observava ansiosamente, à medida que o bom pastor começava a guiar suas ovelhas para outro pasto.

O pastor sabia que as ovelhas tolas comem no mesmo lugar, mesmo quando toda a grama desapareceu e não restou coisa alguma, a não ser raízes; por isso, ele estava pronto para levar suas ovelhas para outro pasto onde havia grama fresca.

"Meu pastor nunca nos leva para pastos diferentes, e este pasto se tornou em nada além de um solo duro", pensou Minha Amiga.

De repente, ela tomou uma decisão. Esperando que ninguém notasse, ela meteu a cabeça por baixo da cerca e começou a tentar ir se retorcendo até o outro lado. Mas o espaço entre a tábua de baixo da cerca e o chão era menor do que Minha Amiga havia imaginado. Logo ela ficou presa. Quanto mais se contorcia, mais desesperada ela ficava. Ela mal conseguia respirar. Dava pena de vê-la berrar.

O pastor de Minha Amiga estava dormindo debaixo de uma árvore, mas a confusão o acordou. Ele estava muito irritado enquanto andava vagarosamente na direção dela.

O pastor de Samuca também viu a dificuldade de Minha Amiga, mas correu até a cerca. Samuca correu depressa, quando percebeu que era Minha Amiga que estava se debatendo debaixo da cerca.

O pastor de Minha Amiga gritou e levantou sua vara para bater nela, mas o pastor de Samuca chegou na hora certa.

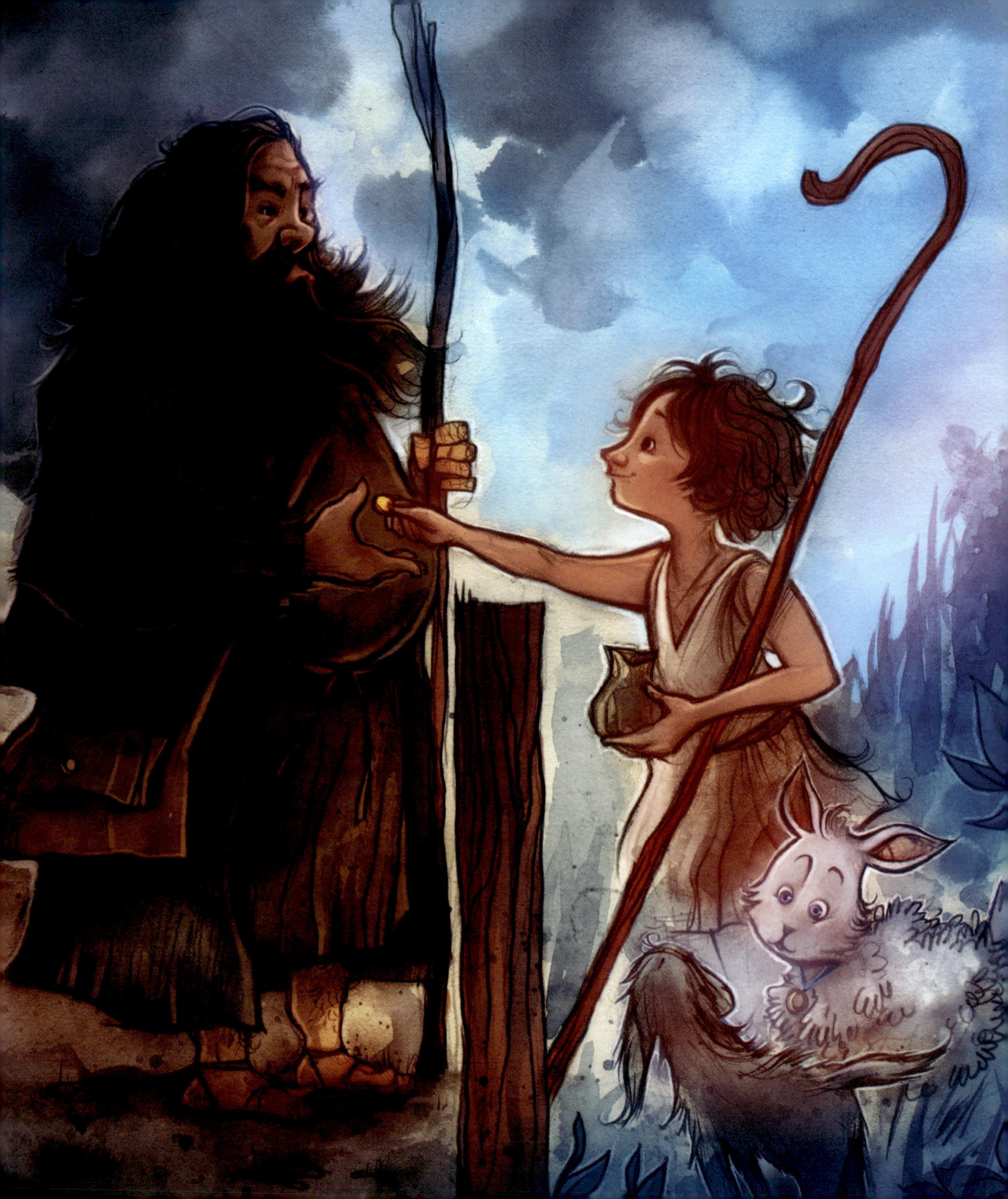

— Espere! Não a machuque. Eu vou soltá-la — disse ele.

— Ela é só uma ovelha imprestável — disse o pastor, rindo dela. — E agora ela está tentando fugir. Não vale a pena salvá-la.

O bom pastor se esticou e cavou suavemente um pouco de terra de debaixo de Minha Amiga. Samuca tentou tranquilizá-la.

— Está tudo bem — disse ele. — Meu pastor vai soltá-la.

Finalmente, o pastor libertou Minha Amiga da cerca. Ele a apanhou e a segurou em seus braços com ternura.

— Eu a comprarei de você — disse ele ao outro pastor.

— Por que você quer comprá-la? Ela está muito doente e provavelmente morrerá.

O bom pastor sorriu.

— Talvez, mas eu a amo e quero que ela seja uma de minhas ovelhas.

Ele pagou o homem e começou a caminhar pelo pasto, segurando a ovelha suja e doente. Samuca saltava na companhia de seu pastor, explodindo de felicidade. Enquanto caminhava, o pastor sussurrou para Minha Amiga:

— Agora você pertence a mim — disse ele. — A única maneira para que você pudesse se tornar parte de meu rebanho era redimi-la — comprar você. Mas agora você é minha. Ninguém jamais poderá tirá-la de mim. Eu nunca a deixarei e sempre a guiarei nos caminhos bons. Agora — ele sorriu ironicamente — como eu lhe chamarei?

Minha Amiga tremia de empolgação enquanto esperava. Ela podia ver amor nos olhos do pastor enquanto ele pensava sobre o seu nome.

— Claro! — Ele exclamou. — Eu a chamarei de Preciosa, porque você é preciosa para mim.

Jorraram lágrimas de alegria dos olhos dela. "Preciosa... meu nome é Preciosa" — ela pensou. "Sou preciosa para o meu pastor".

Pela primeira vez em sua vida, ela se sentia segura e amada. Estava cheia de gratidão. Ela dizia em seu coração: "Agora eu pertenço a um bom pastor. Nada me faltará. Ele me fará repousar em pastos verdejantes. Ele me levará para junto das águas de descanso. Ele me restaurará quando eu estiver abatida. Ele me guiará nos caminhos bons".

VAMOS CONVERSAR!
CAPÍTULO 5 • PÁGINA 49

CAPÍTULO SEIS

AINDA QUE EU ANDE PELO VALE DA SOMBRA DA MORTE, NÃO TEMEREI MAL NENHUM, PORQUE TU ESTÁS COMIGO

A primeira coisa que Preciosa pensava a cada manhã e a última coisa que ela pensava todas as noites era: "Eu pertenço ao bom pastor. Sou preciosa para ele".

Um dia, ela ouvia com impaciência à medida que seu pastor explicava: — Amanhã, começaremos nossa viagem para os lugares altos.

Preciosa olhou para Samuca.

— Onde ficam os lugares altos? Por que estamos indo para lá? — Ela perguntou.

Samuca e Preciosa haviam se tornado amigos ainda mais chegados desde que o pastor a havia redimido. Samuca tinha um prazer especial em ajudar Preciosa a aprender os caminhos de seu novo rebanho.

— Os lugares altos são maravilhosos, respondeu Samuca. Estamos quase no verão. Aqui vai ficar quente e seco, por isso não haverá muita grama, mas nas montanhas haverá uma bela grama verdejante e riachos refrescantes.

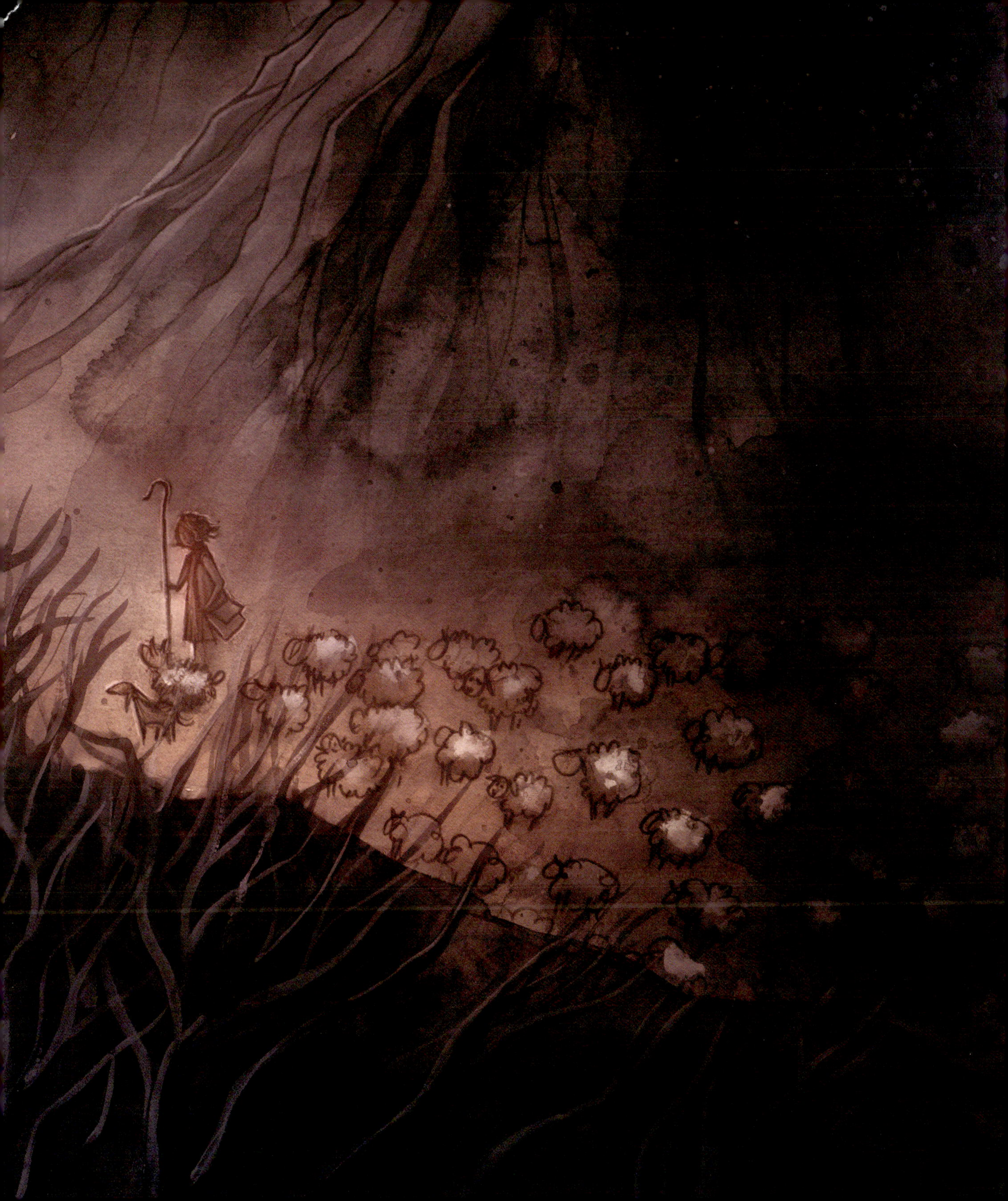

— Mas eu tenho medo de escalar montanhas altas — exclamou Preciosa.

— Você não tem que ter medo. O nosso pastor estará conosco. Mas tem uma coisa muito importante que você deve lembrar.

— O quê? Diga logo.

Samuca sorriu.

— O nosso pastor está sempre à nossa frente, orientando o caminho. Quando estiver escuro e você não puder vê-lo, apenas ouça a sua voz.

— Você acha que eu reconhecerei a voz dele? — Perguntou Preciosa.

— Sim, claro. Você conhecerá a voz dele porque você pertence a ele. Ele nos guiará pelos vales, até aos lugares que ele preparou para nós.

No dia seguinte, o rebanho começou a jornada. Eles subiram a colina, depois chegaram a um vale. A grama verdejante era deliciosa, mas as montanhas e os precipícios por todos os lados faziam o vale parecer escuro e assustador.

Preciosa ainda estava fraca e logo ficou cansada. Ela não conseguia andar no mesmo passo que as outras ovelhas e ficou com muito medo. Logo começou a chorar.

— E se elas me deixarem e eu ficar perdida? — Ela pensou.

Então, ela viu seu pastor chegando por trás dela. Ela ouviu sua voz forte e gentil, dizendo:

— Minha pequena Preciosa, você está cansada e com medo? Deixe-me carregá-la por um tempo. Ele a levantou e a aconchegou gentilmente em seus braços fortes.

Preciosa relaxou. Enquanto o pastor a carregava em sua companhia, ela pensava: "Agora não estou com medo. Não temerei mal algum neste vale assustador, porque meu pastor está comigo".

VAMOS CONVERSAR!
CAPÍTULO 6 • PÁGINA 50

CAPÍTULO SETE

O TEU BORDÃO E O TEU CAJADO ME CONSOLAM

À medida que o rebanho continuava sua escalada até os lugares altos, Preciosa começou a se preocupar novamente. Pensamentos perturbadores rodeavam sua cabeça sem parar. Ela estava completamente assustada quando Samuca cambaleou ao seu lado e disse:

— Bom dia, Preciosa.

Preciosa estava tão perturbada que começou a atropelar as palavras.

— Isso é bom? Talvez eu não devesse ter vindo. Eu realmente pertenço a este grupo? E se outra ovelha não gostar de mim? Será que vou gostar dos lugares altos? Mas, e se eu me perder? E se alguma coisa me atacar? E se eu cair do precipício?

— Preciosa, acalme-se. Olhe para o nosso pastor.

Ambos olharam para frente e viram seu pastor em pé numa rocha, vigiando suas ovelhas.

— Você consegue ver o que ele está segurando? — Perguntou Samuca.

Preciosa ficou espantada pelo fato de Samuca ter feito uma simples pergunta no momento em que ela estava com um problema tão sério.

— Ele está segurando seu equipamento de pastor; sua vara e seu bordão — ela disse.

— É isso mesmo — afirmou Samuca. — Quando eu fico com medo e agitado, lembro-me de que nosso pastor sempre tem sua vara e seu bordão.

Preciosa olhou para Samuca.

— Bem, não quero ser mal educada — disse ela — mas realmente não sei por que isso deveria me consolar.

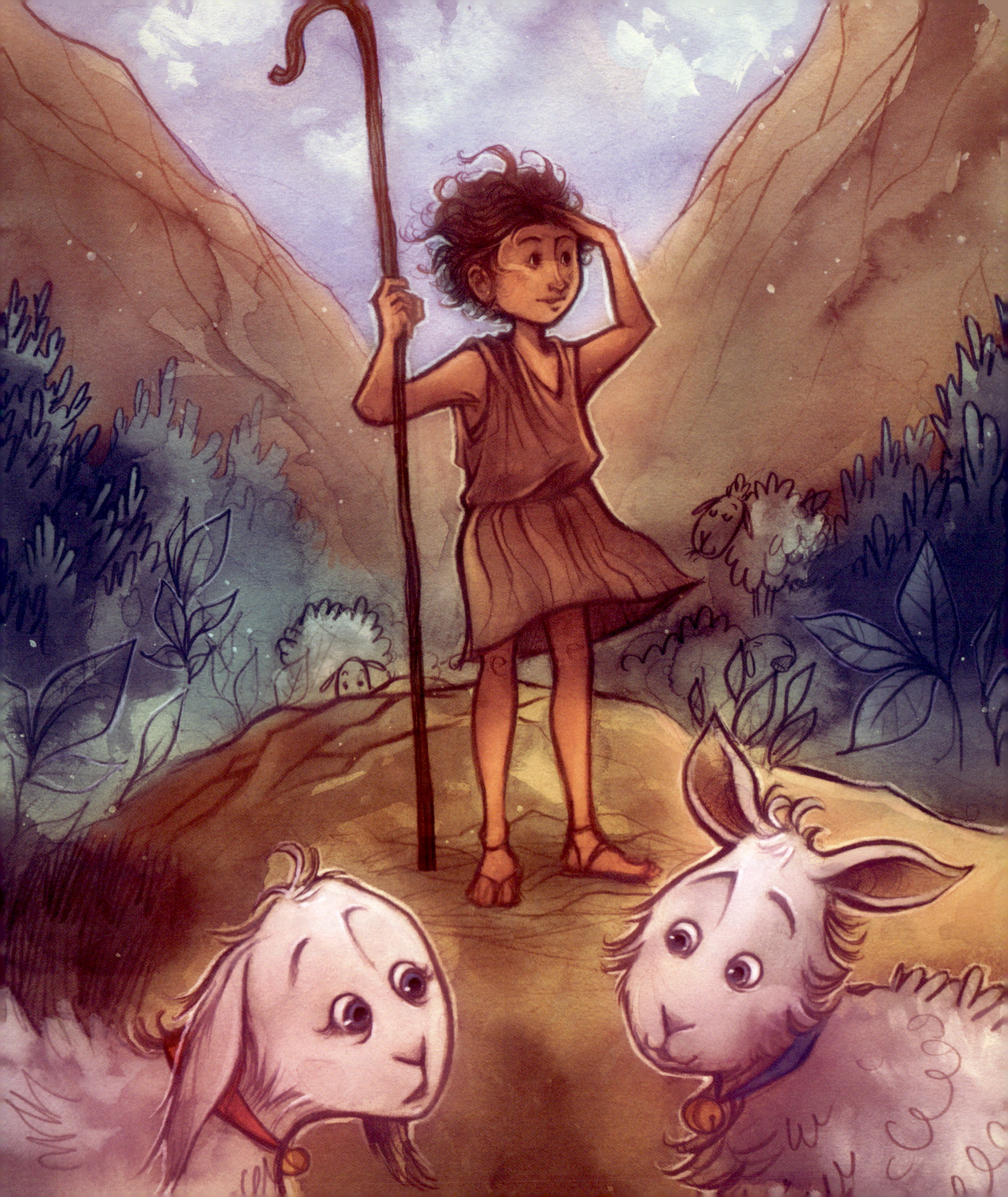

— Bem, como você vê, é assim. Em minha primeira jornada para os lugares altos, eu fui muito teimoso. Decidi me desviar e olhar a paisagem. Eu havia dado apenas alguns passos, quando a vara de nosso pastor fez um zumbido perto de mim. Eu corri de volta para o rebanho o mais rápido que minhas pernas curtas conseguiram. Mais tarde, percebi que seguir o meu próprio caminho me coloca em apuros e que o nosso bom pastor me disciplinará, quando eu tentar me desviar.

— Bem — suspirou Preciosa — não pretendo me desviar de propósito, mas acho que é confortador saber que se eu for descuidada e me desviar, o nosso pastor usará a sua vara para me corrigir.

— E isso não é tudo — exclamou Samuca. — Uma vez eu estava pastando, e a vara estalou perto de mim. Levantei os olhos e vi um lobo correndo lá longe. E soube que o pastor havia me protegido de um ataque.

Preciosa levantou a cabeça.

— Isso é confortador — disse ela.

— E tem mais — disse Samuca. — Um dia eu estava com tanta fome que continuei comendo bem na beira do precipício e de repente, encontrei-me caindo em queda livre para o lado.

— Oh, Samuca. O que aconteceu? — Perguntou Preciosa.

— Eu parei na beirada. Fiquei tão assustado que não conseguia fazer qualquer som. Naquela tarde, quando o pastor contou suas ovelhas, ele percebeu que estava faltando eu. Ele deixou todas as outras e me procurou até encontrar. Então, ele esticou seu longo bordão, agarrou-me com o gancho e me resgatou.

— Oh! — Preciosa sorriu. Seus olhos brilharam. — Agora me sinto em paz. A vara e o bordão dele me consolam também.

VAMOS CONVERSAR!
CAPÍTULO 7 • PÁGINA 51

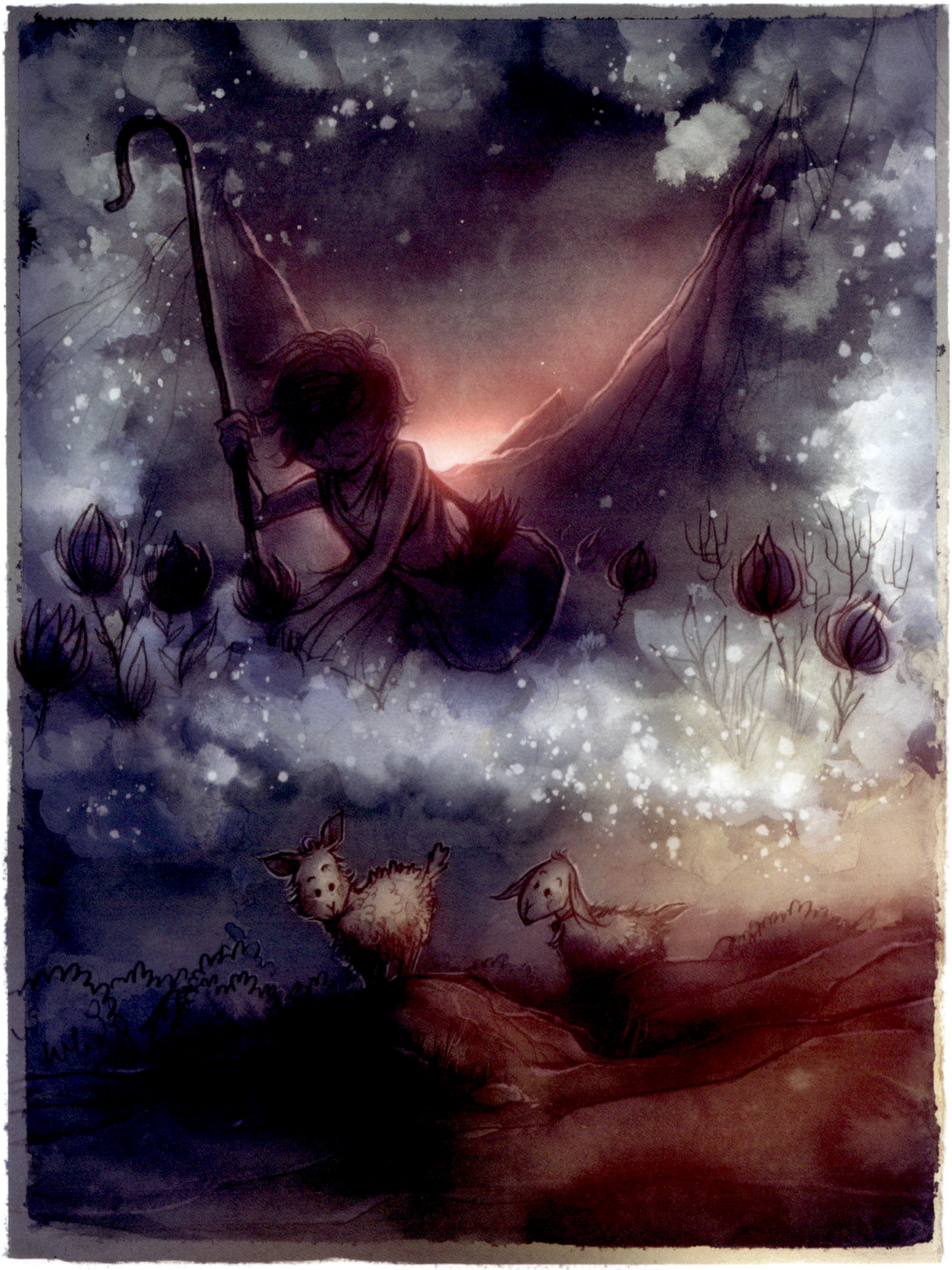

CAPÍTULO OITO

PREPARAS-ME UMA MESA NA PRESENÇA DOS MEUS ADVERSÁRIOS

Estamos quase lá — disse Samuca ofegante.

— Espero que sim — suspirou Preciosa. — Nunca estive num lugar tão alto nas montanhas. Você tem certeza de que este é um bom lugar para passarmos o verão? Não estou certa de que vou gostar de ficar num monte o tempo todo. E se eu começar a rolar para baixo e não conseguir parar?

Samuca sorriu. Ele sabia que tinha que ser paciente com Preciosa, mas às vezes ele se perguntava se ela algum dia aprenderia a confiar em seu pastor. Então ele se lembrou de sua primeira viagem para os lugares altos e de como os outros o ensinaram e encorajaram, então ele disse:

— Você não precisa se preocupar, Preciosa. Estamos indo para um planalto.

— O que é um planalto?

— É uma superfície plana, e ele é maravilhoso porque o nosso pastor o preparou para nós.

— Quando ele o preparou? — Perguntou Preciosa.

Samuca sorriu enquanto pensava sobre o seu pastor.

— Ele já fez essa viagem antes de nos trazer até aqui. Ele veio na frente e o deixou preparado para nós.

— O que ele teve que fazer para deixá-lo preparado?

Às vezes, parecia que Preciosa tinha um milhão de perguntas, mas Samuca gostava de respondê-las, porque ele gostava muito de falar sobre o seu pastor para ela.

— Ele se livrou de inimigos terríveis.

— O quê? — disse Preciosa suspirando. — Você quer dizer que existem inimigos no planalto?

— Bem — disse Samuca. — Havia flores venenosas e ervas daninhas que cresciam em meio à grama. Nós não conseguimos dizer a diferença entre o que é bom e o que nos matará, mas o nosso pastor sabe. Ele veio e limpou o solo de todas as coisas que podem nos prejudicar. Há uma fonte com uma água fresca deliciosa, mas ela fica suja durante o inverno. O nosso pastor arrancou as folhas e a sujeira, de modo que pudéssemos beber dela. Ele preparou o planalto para nós.

— Então não há mais inimigos? — Perguntou Preciosa.

— Sempre haverá alguns inimigos. Às vezes, os lobos se arrastam por trás das rochas e nos observam, mas não temos que ter medo. Podemos relaxar e desfrutar esse planalto até mesmo quando os inimigos estiverem nos observando, porque o nosso pastor os está vigiando. Ele nos protegerá.

Preciosa pensou sobre isso por um momento e disse:

— O nosso pastor pensa em tudo. Ele até me deu um amigo como você para responder às minhas perguntas.

VAMOS CONVERSAR!
CAPÍTULO 8 • PÁGINA 53

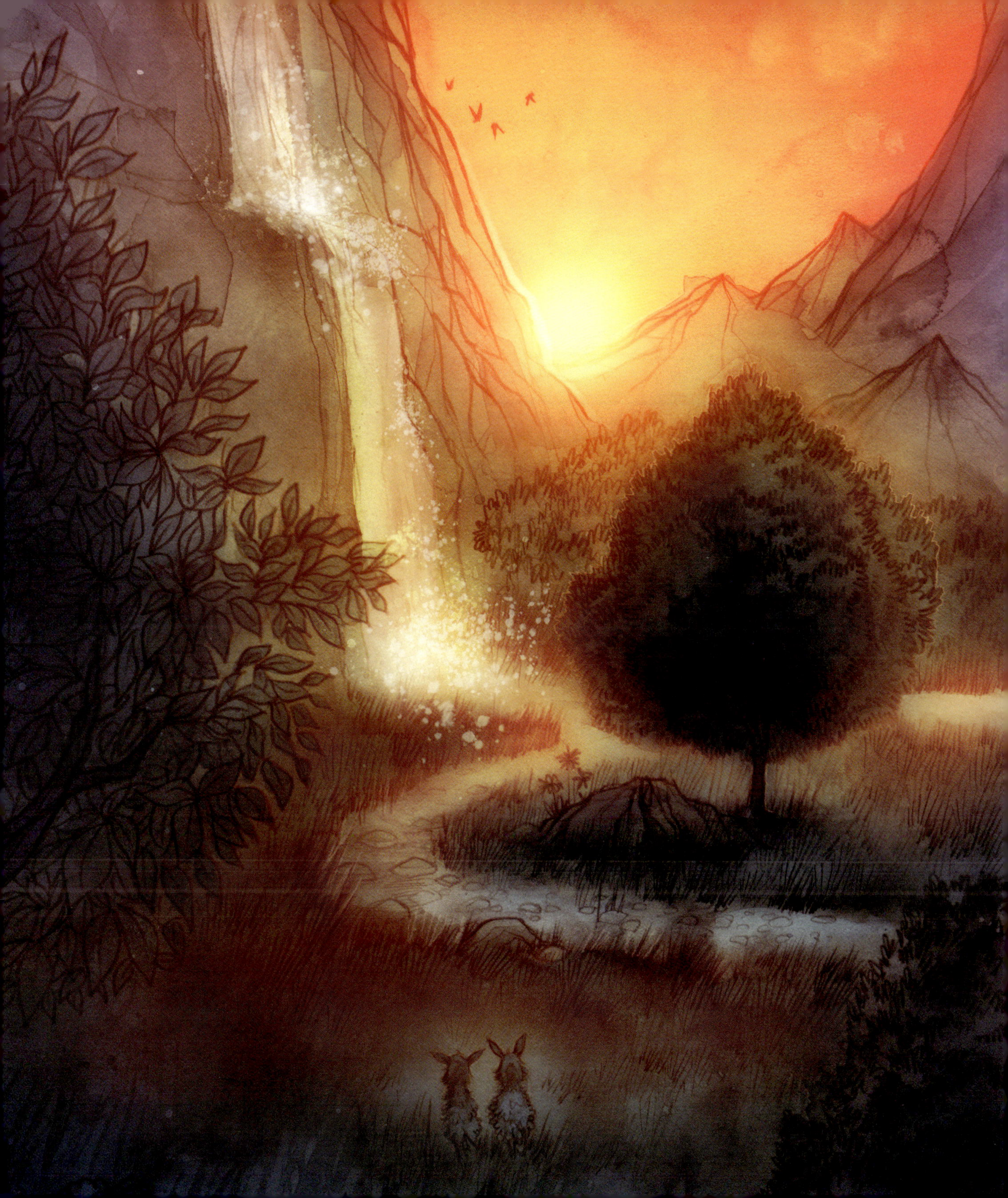

CAPÍTULO NOVE

UNGES-ME A CABEÇA COM ÓLEO; O MEU CÁLICE TRANSBORDA

Quando o rebanho chegou ao planalto, Preciosa estava deslumbrada.
— É lindo. É maravilhoso — ela disse entusiasmada, enquanto olhava para o terreno plano, a grama tenra e a água cintilante. Ela sentia a paz descendo sobre ela como uma chuva fina e úmida.
— Vamos — gritou Samuca. — Vamos formar fila.
Mas aquele momento era tão mágico para Preciosa que ela não queria entrar na fila.
— Depois — ela disse com felicidade.
— Não, você não entende. Você não conseguirá desfrutar o planalto se não entrar na fila, insistiu Samuca.
Preciosa olhava para ele desconfiada.
— Não há nada que possa me impedir de desfrutar esse lugar magnífico.
— Confie em mim, basta um ataque das moscas de nariz e você esquecerá toda essa magnificência, avisou Samuca.
— Moscas de nariz — Preciosa deu uma risada barulhenta. — Ouvi dizer que elas lhe deixam muito irritado.
— É mesmo — Samuca balançou a cabeça. — Eu não entrei na fila no ano passado e elas me deixaram quase louco. Eu comecei a correr em círculos, batendo minha cabeça nas rochas. Quase me matei antes que meu pastor pudesse chegar perto de mim.
— Bem, depressa, vamos entrar na fila — disse Preciosa. — mas, dessa vez, ela ficou tão zangada que começou a resgmungar.

— Espere aí. Você quer dizer que temos que ficar numa fila de ovelhas o verão todo? Teremos que dormir em fila? Ah não, ficar em fila, dormir em fila, comer em fila e beber em fila. Não acho que vou gostar deste lugar afinal.

Samuca riu disfarçadamente.

— Respire fundo e se acalme, Preciosa. Precisamos ficar em fila apenas para que nosso pastor ponha óleo em nossa cabeça. Ele tem um óleo especial que nos impede de ter moscas de nariz.

Preciosa ficou sem palavras.

— Por que eu sempre torno tudo tão difícil? — Ela finalmente perguntou.

— Leva tempo para aprender a confiar em nosso pastor — disse Samuca com um sorriso. — Quanto mais você o conhecer, mais você confiará nele. Você confiará nele até mesmo quando você não entender o que ele está fazendo ou por que está fazendo alguma coisa.

Enquanto Samuca e Preciosa esperavam pelo seu pastor para pôr óleo em suas cabeças, Preciosa considerou tudo o que Samuca lhe havia dito sobre o pastor deles. Depois de um tempo, ela virou para Samuca e disse:

— Desde que o nosso pastor me comprou, eu tenho vivido como se houvesse somente uma gota de seu amor no meu copo. E eu acho que eu estava com medo de que essa última gota acabasse a qualquer minuto. Acho que estou começando a entender que meu copo nunca ficará vazio. Ele está sempre transbordando com seu amor.

Samuca ficou espantado.

— Preciosa, você entendeu! O amor do nosso pastor não depende de quem nós somos, do que fazemos ou de onde estamos. Ele sempre nos amará. Seu amor nunca falhará.

— É, se eu puder simplesmente me lembrar disso — Preciosa sorriu.

VAMOS CONVERSAR!
CAPÍTULO 9 • PÁGINA 54

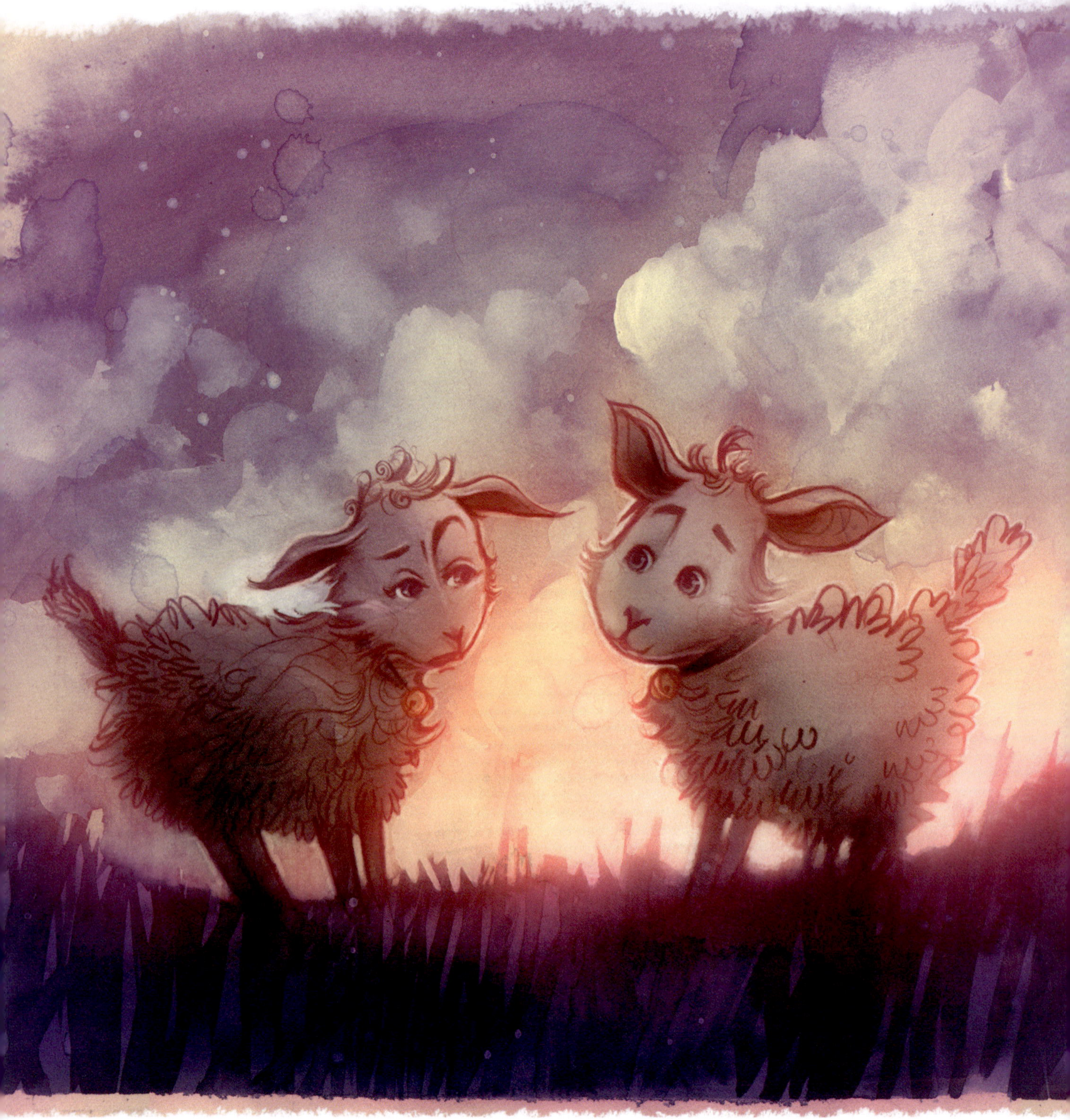

CAPÍTULO DEZ

BONDADE E MISERICÓRDIA CERTAMENTE ME SEGUIRÃO TODOS OS DIAS DA MINHA VIDA

Preciosa bateu o casco aborrecida.

— Bertha é tão irritante — ela disse para Samuca. — Sempre que estou brincando com alguém, ela quer brincar conosco. Quando nos dividimos em times para um jogo, ela quer ficar no meu time, e ela é tão desajeitada e lenta que faz o nosso time perder. Quando estou tentando descansar, ela quer falar. Ela age como se fosse a minha melhor amiga. Ela é tão mandona. Ela realmente me incomoda.

Samuca não disse coisa alguma.

— Por que você está tão calado? — Perguntou Preciosa. Agora ela estava aborrecida com Samuca.

— Estou tentando decidir se agora é uma boa hora para lhe ensinar uma coisa que o nosso pastor me ensinou.

— Por que esta não seria uma boa hora? — Disse Preciosa mal-humorada.

— Você acha que seu coração está pronto para ouvir algo maravilhoso, mesmo que a magoe no começo. — Perguntou Samuca.

Preciosa não estava certa se estava gostando do rumo que essa conversa estava levando, mas em seu coração, ela sabia que Samuca era seu amigo. Ele só faria aquilo que fosse bom para ela.

— Não tenho certeza — ela respondeu com honestidade. — Mas eu, provavelmente, preciso ouvir o que quer que seja que você vá me dizer.

Samuca sorriu.

— Tudo bem, lá vai. Mas você não deve virar os olhos e me olhar daquele jeito.

— De que jeito?

— Com aquele olhar "estou muito aborrecida com você" — ele caçoou.

— Eu o olho desse jeito? — Preciosa perguntou um pouco tímida.

— Olha, sim — Samuca riu.

— Então, eu acho que preciso ouvir o que você tem a me dizer.

— Bem, Preciosa — começou Samuca. — Eu costumava ficar incomodado com outra ovelha o tempo todo. E não tinha misericórdia com as ovelhas mais fracas. Eu ficava irritado porque elas tomavam muito tempo do nosso pastor, e todos tínhamos que ajudá-las.

Preciosa ficou surpresa. — Samuca, não consigo imaginar você ficando incomodado com alguém — ela disse. — Você é tão bom e meigo.

— Mas você não me conhecia antes de nosso pastor me ensinar o que vou lhe dizer.

— Lá vai, e espero que você nunca se esqueça disso: não existe ovelha irritante, só existe ovelha irritada.

Samuca fez uma pausa e deixou suas palavras pairando no ar, de modo que Preciosa pudesse pensar a respeito do que ele havia dito.

— Entãããããão — Preciosa disse devagar. — O problema não é a outra ovelha. O problema sou... eu?

— Isso mesmo — Samuca concordou.

— Você tem certeza de que Bertha não é o problema? — Perguntou Preciosa.

— Pense sobre isso, Preciosa. Qual é a coisa que é uma verdade para cada ovelha de nosso rebanho, até mesmo para Bertha?

Preciosa considerou isso por um tempinho e disse:

— O nosso bom pastor comprou cada uma de nós. Todas nós pertencemos a ele. Ó, Samuca, como eu poderia ficar irritada com uma ovelha a quem o nosso pastor ama? Mas estou confusa. É certo Bertha ser... bem... ser como ela é?

Samuca balançou a cabeça em sinal de empatia.

— Se Bertha precisa mudar, nosso pastor a mudará — ele disse. — Mas nós devemos aceitar e amar uns aos outros. — É lógico, também devemos ajudar uns aos outros.

Preciosa concordou, balançando a cabeça. — Assim como você está me ajudando — ela disse. — Mas Samuca, por que todos nós somos tão diferentes? Seria mais fácil se fôssemos todos parecidos.

— E também seria muito chato — explicou Samuca. — E como aprenderíamos a demonstrar bondade e misericórdia se fôssemos todos parecidos. O nosso pastor sabia como éramos antes de nos comprar. Ele planejou que o nosso rebanho fosse exatamente como é.

— Ó, Samuca, você é tão sábio. Eu sou muito má e estou tão cansada de tentar ser boa. Não acho que algum dia eu serei boa o bastante para pertencer ao nosso pastor.

— Você está certa a respeito disso — disse Samuca. Nenhum de nós jamais poderá ser bom o bastante para pertencer ao nosso pastor. Mas aqui está a boa notícia: Ele nos ama porque somos dele. Ele não nos ama mais quando somos bons e não nos ama menos quando somos maus. Ele nos ama de modo perfeito o tempo todo. Seu amor é um presente, um presente que não podemos merecer e do qual não somos dignos. Isso se chama graça.

— Não acho que meu cérebro de ovelha seja grande o suficiente para entender isso — suspirou Preciosa.

— Você está certa sobre isso também — Samuca riu. — Mas quanto mais você confiar nele, mais a graça e a misericórdia dele transbordarão de você para os outros.

VAMOS CONVERSAR!
CAPÍTULO 10 • PÁGINA 55

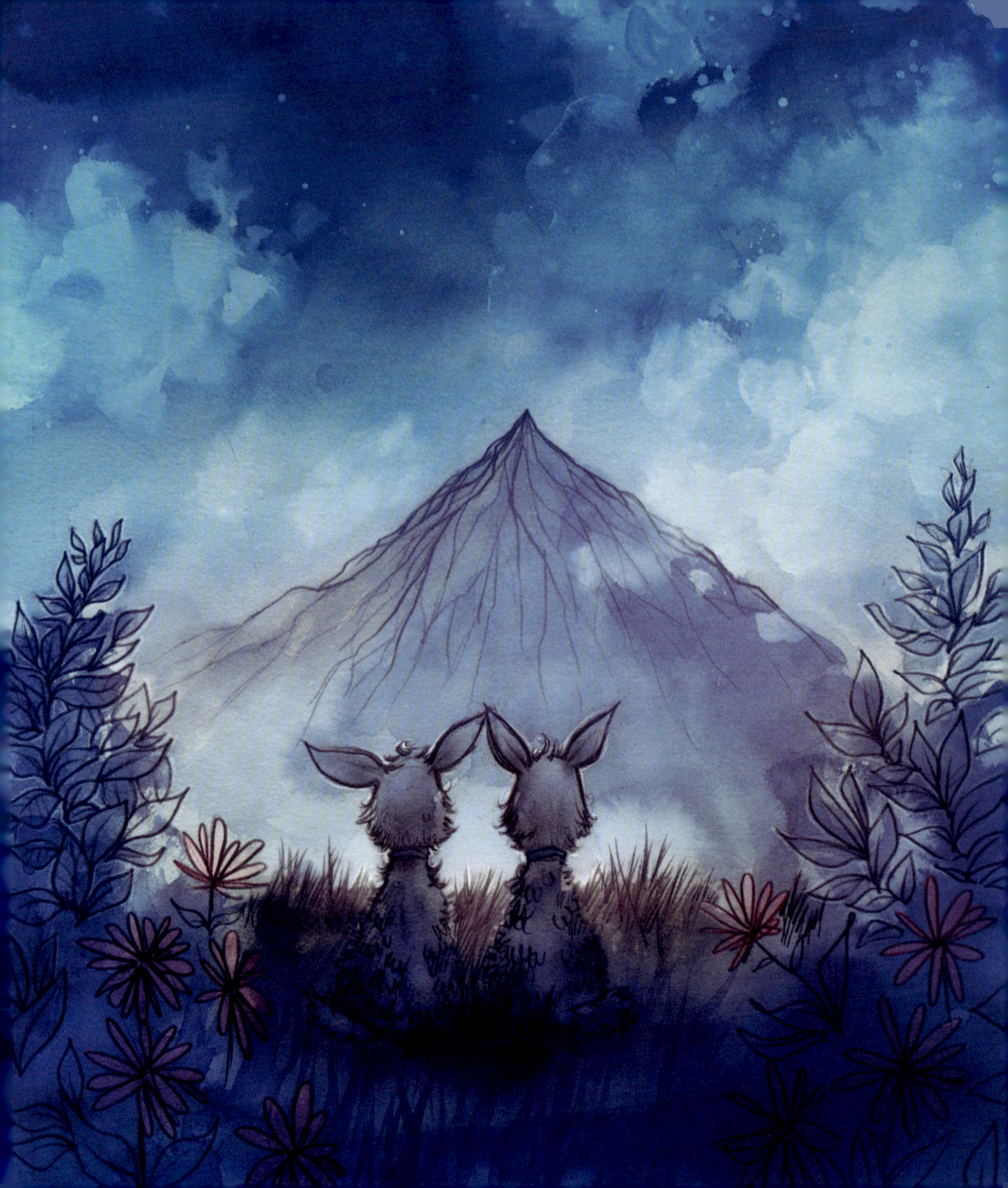

CAPÍTULO ONZE

E HABITAREI NA CASA DO SENHOR PARA TODO O SEMPRE

O verão está quase acabando.
— Em breve começaremos a nossa jornada de volta para casa — disse Samuca a Preciosa, numa manhã gloriosa, enquanto eles observavam o sol nascer sobre as montanhas.
— Estou pronta, suspirou Preciosa.
— Você não está com medo? — Perguntou Samuca.
— Não, tenho aprendido a confiar em nosso pastor. Ele é misericordioso. Ele me comprou quando eu estava doente e suja, e tem cuidado de mim, de modo que agora estou forte e saudável. Ele é bom. Sempre faz o que é bom e justo para mim. Ele me perdoou quando o desobedeci, confortou-me quando eu era medrosa e me resgatou quando eu perambulava por aí. Eu finalmente percebi que sou uma joia preciosa para ele e que habitarei em seu rebanho para sempre.
As duas ovelhas ficaram em silêncio. Elas observavam a grama se dobrar à medida que uma brisa suave flutuava no ar.
— Na verdade, estou empolgada com o fato de voltar para casa — disse Preciosa.
— Verdade? — Perguntou Samuca. — Por quê?
— Porque espero que quando o nosso pastor trouxer novas ovelhas para o nosso rebanho, eu possa ajudá-las a conhecê-lo e a confiar nele.
— Ó, muito bom. É assim que deve ser no rebanho do nosso pastor. Uma ovelha fala para a outra sobre o nosso maravilhoso pastor, de modo que cada geração aprende a confiar nele.

Samuca e Preciosa ouviram o doce silêncio novamente. Ambos consideraram a bondade e a misericórdia de seu pastor. Mais uma vez, foi Preciosa quem interrompeu o silêncio.

— Samuca, obrigada por me mostrar e me dizer coisas sobre o nosso pastor. Tenho visto a bondade e a misericórdia dele transbordarem do seu coração para mim. Você me ensinou. Tem sido bondoso comigo. Você me fez sentir que eu pertenço a este rebanho. Você foi paciente comigo quando eu estava aborrecida com você e me perdoou quando fui grosseira. Você é como o nosso pastor.

— Verdade? — Samuca perguntou maravilhado.

— Verdade. Você me ensinou algo que você nem mesmo percebeu que estava me ensinando.

Agora Samuca estava realmente confuso.

— Do que você está falando, Preciosa?

— Você me mostrou que quanto mais conhecemos o nosso pastor, mais nos tornamos como ele. Ele é bom e misericordioso, e quando vivemos com ele, nós nos tornamos bons e misericordiosos também. Estar com ele nos transforma de ovelhas tolas em seguidoras fiéis.

Os raios de sol dançavam sobre a grama. As duas ovelhas ficaram em silêncio de novo, maravilhadas demais para dizer alguma coisa. Finalmente, Preciosa falou com confiança e certeza:

— Eu habitarei no rebanho de nosso pastor para sempre. Sei que mesmo que eu me desvie, ele virá atrás de mim e me levará para casa, porque ele me ama e porque eu pertenço a ele. Mal posso esperar para falar dele para os outros.

VAMOS CONVERSAR!
CAPÍTULO II • PÁGINA 56

VAMOS CONVERSAR!

CAPÍTULO UM
O SENHOR É O MEU PASTOR; NADA ME FALTARÁ.

A Bíblia nos diz:

Jesus disse: "Eu sou o bom pastor; conheço as minhas ovelhas, e elas me conhecem a mim" (Jo 10.14).

"Ele chama pelo nome as suas próprias ovelhas" (Jo 10.3).

"Eu sou o bom pastor. O bom pastor dá a vida pelas ovelhas" (Jo 10.11).

Algo sobre o que conversar:

- Por que Samuca era uma ovelha feliz?
- O que significa o nome *Samuel*?
- Quais são as coisas que Samuca sabia sobre o seu pastor?
- A ovelha do outro pasto era feliz?
- O que Samuca fez, de fato, para demonstrar bondade para com a ovelhinha?
- Quem é o nosso Bom Pastor?

Algo para fazer:

Agradeça a Jesus por que ele é o seu Pastor e porque ele sabe o seu nome.

CAPÍTULO DOIS

ELE ME FAZ REPOUSAR EM PASTOS VERDEJANTES

A Bíblia nos diz:

Nós somos como as ovelhas. Não conseguimos descansar em nosso coração se estivermos com medo, mas o nosso Pastor prometeu que nunca nos deixará:

De maneira alguma te deixarei, nunca jamais te abandonarei (Hebreus 13.5b).

Não podemos descansar quando estamos irados com os outros. Mas podemos amar uns aos outros porque Jesus nos amou primeiro:

Amados, amemo-nos uns aos outros, porque o amor procede de Deus; e todo aquele que ama é nascido de Deus e conhece a Deus... Nós amamos porque ele nos amou primeiro (1 Jo 4.7, 19).

Não conseguimos descansar se não estivermos em paz. Geralmente, não são os insetos que nos aborrecem. Podem ser irritações como quando um irmão mais novo brinca com os nossos brinquedos ou quando uma irmã mais velha manda em nós. Às vezes, ficamos agitados porque não conseguimos aquilo que queremos. Mas Jesus nos dá paz:

Ele se manterá firme e apascentará o povo na força do SENHOR, na majestade do nome do SENHOR, seu Deus; e eles habitarão seguros... Este [Ele] será a nossa paz (Mq 5:4-5a).

Não conseguimos descansar quando a nossa alma está com fome de amor, paz e alegria. O nosso Bom Pastor fez tudo para nos alimentar com alimento espiritual. Ele é o Pão da Vida que satisfaz a nossa alma:

Declarou-lhes, pois, Jesus: Eu sou o pão da vida; o que vem a mim jamais terá fome; e o que crê em mim jamais terá sede (Jo 6.35).

Podemos ter descanso em nosso coração porque o Senhor é o nosso Pastor. Ele nos dará tudo o que precisarmos para sermos felizes nele.

Algo sobre o que conversar:

- Quais são as quatro coisas que impedem as ovelhas de serem capazes de deitar e descansar?
- Quais são as coisas que o levam a ter medo? O que Jesus prometeu?
- O que o deixa irado com os outros? Jesus nos dá graça para fazermos o quê?
- O que o deixa agitado e preocupado? O que Jesus nos deu?
- A nossa alma tem fome de quê? Quem é o Pão da Vida?

Algo para fazer:

Peça a Jesus graça para confiar nele, para amar os outros, para estar em paz e para estar satisfeito com ele.

CAPÍTULO TRÊS
LEVA-ME PARA JUNTO DAS ÁGUAS DE DESCANSO

A Bíblia nos diz:

> "Aquele, porém, que beber da água que eu lhe der nunca mais terá sede; pelo contrário, a água que eu lhe der será nele uma fonte a jorrar para a vida eterna" (Jo 14.4).

É claro, Jesus não estava falando de uma água como a que você bebe de um copo. Ele estava falando a respeito de uma água espiritual. Ele estava falando sobre si mesmo.

Algo sobre o que conversar:

- Qual é a sua hora preferida do dia?
- Sobre o que você gosta de pensar em seus momentos sossegados?
- Por que Samuca amava a outra ovelha?

Algo para fazer:

Todas as manhãs, peça a Jesus para ajudá-lo a ter sede da Água da Vida — ele.

Pense nas pessoas de sua família e de sua igreja. O que você ama em cada uma delas?

CAPÍTULO QUATRO
REFRIGERA-ME A ALMA

A Bíblia nos diz:

Nós não rolamos de costas e ficamos desamparadas como as ovelhas às vezes fazem, mas nossa alma fica abatida. Quando isso acontece, precisamos que o nosso Pastor nos restaure.

Às vezes, desejamos que tudo fosse agradável e fácil, mas o nosso Bom Pastor sabe que precisamos de alguns momentos difíceis pra ficarmos fortes e para nos ajudar a aprender a confiar nele.

Às vezes, a nossa vida se torna muito envolvida com o pecado. Quando somos raivosos, desobedientes, irreverentes ou egoístas, a nossa alma fica abatida. Mas, se pedirmos para o nosso Bom Pastor para nos perdoar, ele nos purifica do pecado e nos restaura.

Se confessarmos os nossos pecados, ele é fiel e justo para nos perdoar os pecados e nos purificar de toda injustiça (1Jo 1.9).

Algo sobre o que conversar:

- O que significa, para uma ovelha, estar abatida?
- Como as ovelhas chegam à posição de ficarem abatidas?
- Uma ovelha pode restaurar a si mesma para a posição correta?
- O que leva a nossa alma a ficar abatida?
- Quem nos restaura?

Algo para fazer:

Há alguma coisa difícil em sua vida nesse exato momento? Peça a Jesus para usar isso para ajudá-lo a confiar mais nele. Há algum pecado em seu coração? Peça a Jesus para lhe dar graça para se arrepender. Teologicamente falando, peça-lhe para purificá-lo desse pecado.

CAPÍTULO CINCO
GUIA-ME PELAS VEREDAS DA JUSTIÇA POR AMOR DO SEU NOME

A Bíblia nos diz:

Mas agora, assim diz o SENHOR, que te criou...
Não temas, porque eu te remi; chamei-te pelo teu nome, tu és meu.
Quando passares pelas águas, eu serei contigo...
Porque eu sou o SENHOR, teu Deus, o Santo de Israel, o teu Salvador...
Foste precioso aos meus olhos, digno de honra, e eu te amei (Is 43.1-4a).

Algo sobre o que conversar:

- O que Minha Amiga decide fazer?
- O que aconteceu com ela?
- Qual era o único meio para que ela pudesse se tornar parte do rebanho do bom pastor?
- Como ele a chamou?

Algo para fazer:

Leia 1Pedro 1.18-19:
"Não foi mediante coisas corruptíveis, como prata ou ouro, que fostes resgatados... mas pelo precioso sangue, como de cordeiro sem defeito e sem mácula, o sangue de Cristo".

Agradeça a Jesus porque ele o redimiu com seu próprio sangue. Agradeça porque você é precioso para ele.

CAPÍTULO SEIS
AINDA QUE EU ANDE PELO VALE DA SOMBRA DA MORTE, NÃO TEMEREI MAL NENHUM, PORQUE TU ESTÁS COMIGO

A Bíblia nos diz:

"As ovelhas ouvem a sua voz, ele chama pelo nome as suas próprias ovelhas e as conduz para fora... [Ele] vai adiante delas, e elas o seguem, porque lhe reconhecem a voz" (Jo 10.3b-4).

Eis que o SENHOR Deus virá com poder... Como pastor, apascentará o seu rebanho; entre os seus braços recolherá os cordeirinhos e os levará no seio... (Is 40.10-11a).

Algo sobre o que conversar:

- Qual era a primeira coisa em que Preciosa pensava de manhã e a última coisa em que ela pensava à noite?
- Qual é a primeira coisa em que você pensa de manhã e a última coisa na qual você pensa à noite?
- Como Samuca encorajava Preciosa quando ela estava com medo de ir aos lugares altos?
- O que aconteceu quando Preciosa ficou cansada e com medo de se perder?
- Você já se sentiu amedrontado e sozinho? Do que você deve se lembrar?

Algo para fazer:

Leia Isaías 40.10-11 novamente. Agradeça a Jesus porque ele o carrega em seu seio, perto de seu coração.

Ore para que você encoraje os seus amigos, assim como Samuca encorajou Preciosa.

CAPÍTULO SETE
O TEU BORDÃO E O TEU CAJADO ME CONSOLAM

A Bíblia nos diz:

"Porque assim diz o SENHOR Deus: Eis que eu mesmo procurarei as minhas ovelhas e as buscarei. Como o pastor busca o seu rebanho, no dia em que encontra ovelhas dispersas, assim buscarei as minhas ovelhas; livrá-las-ei" (Ezequiel 34:11-12a).

A Bíblia é o bordão do nosso Bom Pastor. Quando nós a guardamos em nosso coração, a Bíblia nos impede de nos desviarmos de Deus:

"Guardo no coração as tuas palavras, para não pecar contra ti" (Salmo 119.11).

O Espírito Santo é como o cajado do pastor. O Espírito Santo nos ensina e nos atrai para Deus e uns para os outros. Ele nos ajuda a amar a Deus e às outras pessoas:

"Mas o Consolador, o Espírito Santo, a quem o Pai enviará em meu nome, esse vos ensinará todas as coisas e vos fará lembrar de tudo o que vos tenho dito" (Jo 14.26).

A Bíblia e o Espírito Santo são o equipamento que Deus deu ao Bom Pastor. Ele os usa para nos equipar para confiar nele e obedecer a ele. Isso deveria nos confortar.

Algo sobre o que conversar:

- Quando Preciosa estava assustada, o que Samuca lhe disse para fazer?
- Por que o bordão e o cajado do pastor confortaram Samuca?
- Qual é o bordão do nosso Bom Pastor?
- Qual é o seu cajado?
- Quais são as maneiras de nos tornarmos descuidados e nos desviarmos de Jesus?
- Como Samuca foi um bom amigo para Preciosa?

Algo para fazer:

Leia Hebreus 13.20-21:
Ora, o Deus da paz, que tornou a trazer dentre os mortos a Jesus, nosso Senhor, o grande Pastor das ovelhas, pelo sangue da eterna aliança, vos aperfeiçoe em todo o bem, para cumprirdes a sua vontade, operando em vós o que é agradável diante dele, por Jesus Cristo, a quem seja a glória para todo o sempre. Amém!

Agradeça a Deus porque Jesus, o nosso Grandioso Pastor, equipa-nos com todas as coisas que precisamos para fazer a sua vontade.

CAPÍTULO OITO
PREPARAS-ME UMA MESA NA PRESENÇA DOS MEUS ADVERSÁRIOS

A Bíblia nos diz:

Não se turbe o vosso coração; credes em Deus, crede também em mim. Na casa de meu Pai há muitas moradas. Se assim não fora, eu vo-lo teria dito. Pois vou preparar-vos lugar. E, quando eu for e vos preparar lugar, voltarei e vos receberei para mim mesmo, para que, onde eu estou, estejais vós também (Jo 14.1-3).

Jesus foi antes de nós e preparou o caminho. Ele derrotou o nosso inimigo, Satanás. Ele nos convida para sua mesa. Cada vez que nossa igreja celebra a Ceia do Senhor, lembramos que Ele venceu o nosso inimigo ao morrer na cruz por nossos pecados, que Ele foi preparar um lar no céu para nós, e que um dia Ele nos levará ao planalto celestial onde Ele nos alimentará em sua mesa.

Algo sobre o que conversar:

- Por que Samuca foi paciente com Preciosa?
- Por que ele gostava muito de responder às suas perguntas?
- O que é um planalto?
- O que um bom pastor faz para preparar o planalto?
- Que lugar Jesus preparou para nós?
- Quando sua igreja observa a Ceia do Senhor, do que você deve se lembrar?

Algo para fazer:

Pense a respeito das pessoas que responderam às suas perguntas sobre o Bom Pastor. Agradeça a elas por lhe ensinar a respeito de Jesus.

CAPÍTULO NOVE
UNGES-ME A CABEÇA COM ÓLEO; O MEU CÁLICE TRANSBORDA

A Bíblia nos diz:

"E acontecerá nos últimos dias, diz o Senhor, 'que derramarei do meu Espírito sobre toda a carne'" (At 2.17a).

Quando Jesus ressuscitou dentre os mortos e subiu aos céus, ele derramou o seu Espírito Santo sobre o seu povo (At 2.32-33). O Espírito Santo nos ensina e guia. Ele nos conforta. Ele nos lembra do amor de Deus. E nos dá graça para que as irritações e os problemas não nos deixem aborrecidos.

Assim diz o SENHOR: ..."Com amor eterno eu te amei; por isso, com benignidade te atraí" (Jr 31.2-3).

Nunca poderemos ser bons o suficiente para merecer o amor de Deus. Ele nos ama porque somos dele. Ele nos ama de modo perfeito. Seu amor jamais terá fim.

Algo sobre o que conversar:
- O que o pastor fez para proteger as ovelhas das moscas?
- O que Preciosa finalmente percebeu acerca do amor de seu pastor?
- O que Deus derrama em nossos corações?
- Podemos ser bons o suficiente para merecer o amor de Deus?
- Por quanto tempo o pastor nos amará?

Algo para fazer:

Leia João 3.16:
"Porque Deus amou ao mundo de tal maneira que deu o seu Filho unigênito, para que todo o que nele crê não pereça, mas tenha a vida eterna".

Agradeça a Deus por amá-lo de tal maneira a ponto de enviar Jesus para ser o seu Bom Pastor e entregar sua vida por você.

CAPÍTULO DEZ
BONDADE E MISERICÓRDIA CERTAMENTE ME SEGUIRÃO TODOS OS DIAS DA MINHA VIDA

A Bíblia nos diz:

"Portanto, acolhei-vos uns aos outros, como também Cristo nos acolheu para a glória de Deus" (Rm 15.7).

Deus nos aceita em sua família porque Jesus tomou o nosso lugar e morreu por causa dos nossos pecados. Não somos aceitos por causa de qualquer coisa que já tenhamos feito ou que faremos. Devemos aceitar os outros porque Deus nos aceita. Quando fazemos isso, damos louvor a Deus e mostramos aos outros como ele é.

Algo sobre o que conversar:

- Quando Preciosa estava aborrecida, o que Samuca ensinou a ela?
- O que significa dizer: "Não existe ovelha irritante, só existe ovelha irritada"?
- Podemos ser bons o suficiente para merecer nossa entrada na família de Deus?
- Quem nos amou de tal maneira que preparou o caminho para que fôssemos da família de Deus?
- Por que devemos aceitar os outros?

Algo para fazer:

Quando você estiver aborrecido com alguém, peça a Jesus para lhe perdoar por estar aborrecido. Depois, peça a ele para lhe dar graça para aceitar e amar aquela pessoa, e para demonstrar a bondade e a graça de Deus a ela.

CAPÍTULO ONZE
E HABITAREI NA CASA DO SENHOR PARA TODO O SEMPRE

A Bíblia nos diz:

E todos nós, com o rosto desvendado, contemplando, como por espelho, a glória do Senhor, somos transformados, de glória em glória, na sua própria imagem, como pelo Senhor, o Espírito (2 Co 3.18).

Algo sobre o que conversar:

- Por que Preciosa estava preparada para voltar para casa?
- O que Samuca ensinou a Preciosa que ele não havia percebido que estava ensinando?
- O que o fato de estar com Jesus muda em nós?
- Se confiarmos que Jesus nos salva de nosso pecado, onde moraremos por toda a eternidade?

Algo para fazer:

Agradeça a Jesus porque ele é o seu Bom Pastor. Peça que ele o transforme para que você se torne cada vez mais como ele. Memorize o Salmo 23 e lembre-se dele todos os dias de sua vida. Fale aos outros sobre o seu Bom Pastor.

SOBRE A AUTORA

Susan Hunt é consultora do ministério da Igreja Presbiteriana, Mulheres dos Estados Unidos, o qual ela dirigiu anteriormente. Ela é graduada em Educação Cristã pelo Seminário Teológico de Colúmbia e elaborou a grade curricular de escola dominical para a *Great Commission Publications*. Susan é uma palestrante popular em conferências nos Estados Unidos e no exterior. Seus inúmeros livros publicados incluem *Ministério Feminino na Igreja Local*[1] (tendo Dr. J. Ligon Duncan III como coautor), *Herdeiros da Aliança*[2], além de alguns títulos infantis como *My ABC Bible Verses* e *Big Truths for Little Kids*, (com seu filho Richie Hunt como coautor). Susan e seu marido, Gene, um pastor aposentado, estabeleceram seu lar em Marietta, na Georgia. Eles têm três filhos adultos e doze netos.

SOBRE O ILUSTRADOR

Cory Godbey é ilustrador e escritor nos Studios Portland, em Greenville, na Carolina do Sul. Conforme afirma, Cory descobriu seu amor por desenhos durante as aulas de Matemática e logo começou a desenhar figuras para livros-texto do ensino elementar. Ele finalmente foi para a faculdade para estudar os desenhos antigos de artistas famosos. Ele diz que ainda olha esses desenhos antigos quando está sem ideias. Cory aprecia música animada de acordeão, massas e chuva durante a noite. Ele e sua esposa, Erin Elizabeth, moram na Carolina do Sul com seus gatos Harrel Whittington e James.

---

1 J. Ligon Duncan e Susan Hunt, *Ministério Feminino na Igreja Local*, São Paulo: Cultura Cristã, 2009.
2 Susan Hunt, *Herdeiros da Aliança*, São Paulo: Cultura Cristã, 2008.

BIBLIOTECA LIGONIER

O Ministério Ligonier é uma organização internacional de discipulado cristão, fundada pelo Dr. R.C. Sproul, em 1971, com o intuito de proclamar, ensinar e defender a santidade de Deus em sua totalidade para o maior número de pessoas possível.

Motivado pela Grande Comissão, o Ministério Ligonier compartilha globalmente recursos em formatos impressos e digitais. Livros, artigos e cursos têm sido traduzidos ou dublados para mais de quarenta línguas. Nosso alvo é apoiar a igreja de Jesus Cristo, ajudando cristãos a compreenderem, viverem e compartilharem o que creem.

pt.Ligonier.org
Facebook.com/LigonierPor

FIEL
Editora

A Editora Fiel tem como propósito servir a Deus através do serviço ao povo de Deus, a Igreja.

Em nosso site, na internet, disponibilizamos centenas de recursos gratuitos, como vídeos de pregações e conferências, artigos, e-books, livros em áudio, blog e muito mais.

Oferecemos ao nosso leitor materiais que, cremos, serão de grande proveito para sua edificação, instrução e crescimento espiritual.

Assine também nosso informativo e faça parte da comunidade Fiel. Através do informativo, você terá acesso a vários materiais gratuitos e promoções especiais exclusivos para quem faz parte de nossa comunidade.

Visite nosso website

www.ministeriofiel.com.br

e faça parte da comunidade Fiel

Impresso no papel Couchê Fosco 90
na Gráfica Santa Marta em Janeiro de 2025